KB269644

2012 오늘의 좋은 동시

맹문재 · 이안 · 박소명 엮음

김연서(청계초등학교 3학년)

김서정(청계초등학교 3학년)

2012 오늘의 좋은 동시

인쇄 2012년 3월 5일 | 발행 2012년 3월 15일

엮은이 · 맹문재 · 이안 · 박소명 | 펴낸이 · 한봉숙 | 펴낸곳 · 푸른사상사
주간 · 맹문재 | 편집 · 지순이 | 마케팅 · 박강태

등록 제2-2876호
주소 서울시 중구 초동 42 아시아미디어타워 502호
대표전화 02) 2268-8706(7) 팩시밀리 02) 2268-8708
메일 prun21c@yahoo.co.kr / prun21c@hanmail.net
ⓒ2012, 맹문재 · 이안 · 박소명

ISBN 978-89-5640-897-2 03810
 값 10,000원

2012 오늘의 좋은 동시

2012 오늘의 좋은 동시

우리 동시, 어디까지 와 있나

동시는 시(詩) 앞에 동(童)이 붙은 말이다. 동과 시, 이 두 단어의 단순한 조합을 뛰어넘기를 요구한다. 동시에서 시 못지않게 동이 귀한 까닭과 동 못지않게 시가 귀한 까닭은 모두 '동+시'라는 이름에서 연유한다. 동이 제한하는 시의 단순성과 시가 제한하는 문학적 완성 사이에서 고투하는 가운데, 좋은 동시는 어느 순간 그 둘을 껴안으며 하나로 태어나는 것인지도 모른다. 읽기는 쉬우나[童] 쓰기는 어렵고[詩], 쓰기는 즐거우나[童] 높게 완성하기는 어렵다[詩]. 그런 만큼 시에 없는 독특한 매력이, 동시에는 있다. 동을 향하는 시(인)의 마음이다. 그것을 만나는 길이 바로 동시 쓰기이자 동시 읽기다.

2011년 한 해 동안 문학지에 발표된 동시 가운데 일흔두 편을 골라 『2012 오늘의 좋은 동시』를 묶는다. 이 기간 우리 동시는 '무엇을', '어떻게' 노래했을까? '무엇을'이 소재와 주제의 문제라면, '어떻게'는 이를 드러내는 언어와 시각(詩, 視角)의 문제다. 이제 우리 동시도 동과 시의 결합 못지않게, '무엇을'과 '어떻게'의 결합을 고민해볼 때가 되었다.

이 책에 실린 작품 가운데 우리 동시의 현재를 보여주는 몇몇 대목을 들어본다. "소리는 나지 않았지만 농아학교 앞길에 번지는 햇살, 웃음", "향기가 이름이고 흑장미가 별명인 까마귀", "뒤도 옆도 없이 앞만 보는 물고기", "강정천 맑은 물에 반짝이는 은어 떼", "쇠찌르레기 다리에 끼운 가락지", "오목눈이의 빨갛게 언, 가느단 발가락", "세상과 자유와 사랑을 안 고양이 네로", "다국적으로 요리되는 불낙전골", "어떤 말들이 노래가 되나", "우리 이다음에 사슴이 되어 다시 만나자", "기둥도 문도 지붕도 온통 꽃인 까치집", "가진 걸 다 주고 난, 하얀 몸", "연못에 떨어지는 (((·)))", "민들레 금단추", "햇밤 축구", "배웅이란 말의 손목에 들린 보따리", "진흙 밭에 살아도 마음은 하늘에 걸어놓고 사는 세스랑게"…….

이 책이 공평무사하게 2011년 우리 동시의 현재를 증거하는 것이라고는 감히 말할 수 없다. 그럼에도 현재 우리 동시가 어디까지 와 있으며, 어떤 목소리를 내고 있는지, 그 성취와 한계를 돌아보는 자리로서는 크게 모자라지 않으리라고 본다. 다만 이런저런 이유로 이보다 나은 작품이 적잖게 누락되었을 것이라는 점은 송구스럽다. 그 점이 이 책의 애석함이자 한계일 것이다. 한 해의 동시단을 돌아보는 자리에 함께하는 것을 허락해주신 시인들께 고마운 말씀을 올린다.

2012년 2월
엮은이들을 대신하여 이안

김채연(문원초등학교 5학년)

제2부

제5부

형관우(과천초등학교 5학년)

김수현(문원초등학교 3학년)

제1부

한륜헌(과천초등학교 5학년)

자전거

강정규

⑴

뒷바퀴가
끈질기게
쫓아온다

⑵

달리지
않으면
쓰러진다

(열린아동문학, 가을호)

은빛 울음소리

고형렬

차가운 밤 속에서 우는 풀벌레야, 울지 말아라

친구들은 다 떠나고 여기엔 없단다
네 친구들이 간 곳으로 어서 떠나거라, 늦기 전에
떠난 친구들이 더 멀리 가버리기 전에, 어서

눈이라도 내리면 벌레야 너는 눈이 얼어 이곳을 떠날 수가 없
단다

벌레야 울지 마, 가을은 언제나 있어 왔단다
가을바람은 너희를 데리러 온 산의 전령들이란다
보거라, 들판에 가을꽃들 가득 피어 있잖니

너는 왜 아직도 떠나지 않고 울고만 있는 거니

(동시마중, 7-8월호)

호박씨

권영상

호박구덩이에
뒷거름을 넣고
호박씨를 묻었다.

참 얼마나 기막힌 일인지,

호박씨는
그 냄새나는 구덩이에서
푸른 깃발을
찾아들고 나왔다.

(열린아동문학, 여름호)

강아지똥

권오삼

길을 가다가
강아지똥을 보았다.

똥을 눈 강아지도
동화 '강아지똥' 처럼
민들레꽃 피워보고 싶어
길에다 똥을 눴을까?

그러려면
소달구지가 다니는
시골 흙길에다 눠야지
시멘트 바닥에 누면 어쩌나?

강아지똥에
노란 민들레꽃 대신
똥파리들만 오글오글했다.

(창비어린이, 가을호)

문고리

고영민

우리집 화장실엔

문고리가 없다

헛기침 소리가 문고리다

아버지가 볼일을 보고 계시고

내가 또 다른 급한 볼일로 뛰어가다가도

헛기침 소리를 내면

문이 저절로 잠긴다

아버지의 문고리는

어허, 흠~이고

어머니의 문고리는

음~~이다

종종 누나의 헛기침 소리는 헐거워

문고리가 덜컹

열리는 경우도 있다

(동시마중, 3－4월호)

봄날엔

금해랑

엄마 목에는
하늘하늘 연둣빛 스카프
엄마 입술에는
꽃잎 같은 분홍빛 립스틱.

봄날엔
엄마가 수양버들이다
엄마가 진달래꽃이다.

(시와동화, 봄호)

웃는 봄날

김근

농아학교 앞길
아이들이 떠들어대고 있었다.

소리는 나지 않았지만,
수화하는 아이들 손가락 위
햇살이 왁자지껄 쏟아지고 있었다.
소리는 나지 않았지만,
길 여기저기 햇살처럼
농아학교 아이들이 웃어대고 있었다.

들리지도 보이지도 않는
웃음소리 사람들 사이로
반짝반짝 번져가고
웃음에 감염된 사람들 어느새
반짝반짝 고요히 웃음 짓고

길 끝 수양버들도
연둣빛 가지를 흔들어대고 있었다.
소리는 나지 않았지만,

수양버들도 하늘하늘 웃고 있었다.

소리는 나지 않았지만,
길 여기저기 꽃들이 폭죽처럼 피어나고 있었다.
꽃들도 자꾸자꾸 웃음이, 웃음이 터지는 모양이었다.

(동시마중, 7-8월호)

그럴지도 몰라

김명수

까치가 까마귀에게 물었습니다
네 이름이 뭐니?
향기야, 향기
별명은 흑장미

까마귀가 까치에게 물었습니다
네 이름이 뭐니?
내 이름은 아침이야
별명은 없어

까치와 까마귀는 저희들끼리
사람들이 지어준 이름과는 달리
서로 다른 이름 지어 부를지 몰라

(동시마중, 7-8월호)

연못 앞

김미혜

연못 앞에 가면
잉어 떼가 몰려들어.

먹이 주는 줄 알고
우르르르 파당파당

비단자락 밟아가며
떼거리로 춤을 춰.

괜히 가까이 가지 말아야지
약 올리지 말아야지.

놀던 대로 놀아라
멀리 떨어져 지나가야지.

(아동문학평론, 봄호)

경고

김상욱

비 고인
시멘트 바닥에
잠자리가
알을 낳는다

꼬리를
토옥 토옥
담그며
알을 낳는다

잠자리네
말을 알면
크게 써
붙이고 싶다

여기는
곧 마를 곳이니
알 낳지 마세요
제발!

(어린이와문학, 10월호)

지는 게 이긴다고요?

김순영

"야, 쬐끄만 땅콩!"
싸움대장 태석이가 시비를 걸었다.

미움이 삐죽삐죽
참았다.

주먹이 부들부들
참았다.

져주는 게 이기는 거라던
할머니 말대로
참았는데,

어쩐지
이긴 것 같지가 않다.

(오늘의동시문학, 겨울호)

밥 냄새 똥 냄새

김유진

밥 냄새는
아기 똥 냄새
구수한 똥 냄새

엄마가 밥 먹고
밥이 젖 되고

아기가 젖 먹고
젖이 똥 되고

아기 똥 냄새는
밥 냄새
구수한 밥 냄새

(시와동화, 봄호)

유은곤(과천초등학교 6학년)

제2부

한래헌(과천초등학교 3학년)

사람은 모두

김은영

초원에서 사는 사람들은
어미 말의 아기입니다.
망아지가 먹을 젖을
사람이 먹고 삽니다.

사막에서 사는 사람들은
어미 낙타의 아기입니다.
새끼 낙타가 먹을 젖을
사람이 먹고 삽니다.

도시에서 사는 사람들은
어미 젖소의 아기입니다.
송아지가 먹을 젖을
사람이 먹고 삽니다.

사람은
모두 동물들의 아기입니다.

(동시마중, 9−10월호)

물고기

김응

물고기는
앞만 보고
헤엄친다

뒤를
돌아보지 않는
물고기는

옆을
살피지 않는
물고기는

앞만
오로지 보는
물고기는

걱정거리도 없겠네
한눈도 팔지 않겠네

(어린이책이야기, 가을호)

앗, 앗, 앗

김춘남

여기저기서
눈 뜨는
씨앗들

앗, 앗, 앗

세상을 보고
놀라는
초록 눈동자들

(새싹문학, 봄치)

봄

김하루

해님이 하나씩 꽃 이름을 부르면
귀 기울이고 있던 씨앗들 차례대로
네!
네!
네!
대답하고 씩씩하게 손든다.

제 이름 듣고도 딴청 피우다가
다른 꽃 대답할 때 덩달아 대답하는 꽃,
이제 정말로 안 춥나 두리번거리며
뒤늦게 슬금슬금 나오는 꽃,
늦잠 자다 깜짝 놀라
후다닥 튀어나오는 꽃은 있지만
어두운 땅 속에
끝끝내 혼자 남아 있는 꽃은 없지.

우리는 모르는 세상 모든
꽃 이름
해님은 죄다 알고 있으니까.

(시와동화, 봄호)

꼭 잡아

김환영

오목눈이가
낭창이는 마른 풀대를
두 발로 옴켜쥐고 톡톡
풀씨를 쪼으고 있다
성냥개비보다 가느단 발가락이
빨갛게 얼었다
나는 속으로 응원한다
'꼭 잡아'

아기가
긴 젓가락을 주먹으로 옴켜쥐고
반들거리는 물국수를 쫍쫍 빨다가
젓가락 끝을 보며 부탁한다
"꼭 잡아"
나도 속으로 응원한다
'꼭 잡아'

(동시마중, 9-10월호)

강정마을 아이들

김희정

우리는 낮에도 별을 본다.
강정천 맑은 물에 반짝이는 은어 떼

*강정천 : 제주도 서귀포에 있는 하천으로 은어가 살고 있다.
　　　　하지만 해군기지 건설로 언제 사라질지 모르는 위기에 처해 있다.

(어린이와문학, 12월호)

새는 자유롭게
— 원홍구와 원병오

남호섭

쇠찌르레기는 겨울이면 제비처럼 따뜻한 남쪽 나라에서 지내는 새야. 봄이 오면 중국이나 시베리아까지 가서 알을 낳고 새끼를 기른다고 알고 있었지. 그런데 우리나라 북쪽 함경도나 평안도 지방에서도 번식한다는 사실이 밝혀졌어. 이 일로 세계 조류학자들을 놀라게 하신 분이 우리나라 첫 번째 새 박사 원홍구 선생님이야. 그때는 일제강점기였지.

새들에게는 장애물이 없어. 사람들이 아무리 높은 담장을 치고 내 땅 네 땅 나눠도 하늘까지 가를 수는 없잖아. 그렇게 자유로운 새들이 어디서 오고 어디로 가는지 알아내기가 얼마나 어렵겠어. 다른 나라 사람들과도 서로 돕지 않으면 연구를 할 수 없는 거야. 그래서 새들을 잡으면 다리에 가락지를 끼워 다시 날려 보내는 방법을 쓰는 거지. 어느 나라, 누가, 언제 날려 보낸다는 표시를 해서.

서울에서도 쇠찌르레기가 번식한다는 사실이 밝혀졌어. 우리나라 남쪽에서 살고 있다는 것 또한 놀라운 발견이었지. 이것은 젊은 새 박사 원병오 선생님이 한 일이지. 그 무렵, 선생님은 얼마나 많은 새들을 잡아서 가락지를 끼워 날려 보냈는지 몰라.

　1965년 이른 여름, 가락지가 끼워진 쇠찌르레기 한 마리가 잡
혔어. 잡은 사람은 평양의 원홍구. 날려 보낸 사람은 서울의 원병
오. 남과 북의 새 박사는 아버지와 아들 사이였어. 아무리 그리워
도 갈 수 없는 길을 쇠찌르레기는 날아서 갔던 거야. 아들이 끼운
가락지를 아버지가 본 거야. 죽었는지 살았는지 몰랐던 막내아들
소식을 15년 만에 쇠찌르레기가 전해주었던 거야.

　한국전쟁 때 아버지와 대학생 막내아들은 헤어졌어. 아버지는
고향에 남아 세계에서 손꼽히는 새 박사가 되었고, 아버지를 닮
고 싶었던 막내아들은 남쪽에 내려와 아버지 못지않은 새 박사가
되었어. 쇠찌르레기 가락지에다 몇 자나 적을 수 있겠어. 하지만
아버지는 그것만으로도 충분했을 거야. 아들은 그런 아버지를 위
해 자꾸 자꾸 새를 날려 보냈을 거야.

(동시마중, 9-10월호)

잠자리

류경일

낮잠 자려고
장독 위에 살포시 내려앉는
잠자리

겁 많은 잠자리를 위하여
그림자가 먼저 내려앉아
잠자리를 살펴줍니다

(오늘의동시문학, 가을호)

1주기

맹문재

돌아가신 할머니 생각이
많이 줄었어요

내 신발이 대신 커졌어요
바지가 길어졌어요
책가방이 무거워졌어요

아빠의 흰머리가 늘었어요

(동시마중, 7-8월호)

학교 옥상

문현식

옥상 철문이 열려 있어
몰래 올라갔다.

몰랐다.
교실 위에
이렇게 파란 하늘이 있었는지.

(동시마중, 1-2월호)

쯧쯧쯧

민경정

순무 씨 사다 심으면 될 걸
씨앗을 받느라 애를 쓰냐
혁철 할머니 우리 할머니 보고
쯧쯧쯧,
그러면서 씨 얻으러 오신다.

배추 모종 사다 심으면 될 걸
뭐 하러 모종을 내고 있냐
경희 할머니 우리 할머니 보고
쯧쯧쯧,
그래놓고 모종 얻으러 오신다.

고추 모종 사다 심으면 될 걸
귀찮게 싹을 내고 그러냐
상규 할머니 우리 할머니 보고
쯧쯧쯧,
그래놓고 모종 얻으러 오신다.

우리 할머니는

"이런 할망구들. 사다 심지 뭘 얻으러 와?"

쯧쯧쯧,

그러면서도 씨앗을 나눠주고 모종을 갈라주고.

(시와동화, 봄호)

사람 우산

박두순

집에 오는 길에
소낙비가
와르르 쏟아졌다

형이 나를
와락 끌어안았다

그때 형이
우산이었다.

들에서 일하는데
소낙비가
두두두 쏟아졌다

할머니가 나를
얼른 감싸 안았다

그때 할머니가
우산이었다.

따뜻한 사람 우산이었다.

(열린아동문학, 겨울호)

달리는 줄

박방희

아프리카 평원

사자에 쫓겨
달아나는
얼룩말
말
말
말

말은 사라지고
얼룩말이 풀어놓은
검은 줄만 달린다

(시와동화, 가을호)

이지선(과천초등학교 6학년)

제3부

김연서(청계초등학교 3학년)

나비랑 벌

박성우

나비랑 벌은 안 걸어 다닌다

발에 흙 묻으면 꽃이 더러워지니까

팔랑팔랑 윙윙 날아다닌다.

(창비어린이, 봄호)

소나기 나가신다

박소명

후두두두둑 툭툭툭 탁탁!

꿀 따다 놀란 꽃등에가
얼른 애기똥풀꽃 아래로 숨습니다.

담장 넘던 참새는
후박 나뭇잎 사이로 피합니다.

교문 나서던 준호가
문방구 처마 밑으로 뛰어 들고

호랑이 교감 선생님도
헐레벌떡 뒤따라 옵니다.

번개와 천둥까지 불러
번쩍 번쩍 쿠르릉 쾅!

"소나기 나가신다! 길을 비켜라!"

(열린아동문학, 여름호)

우리들은 일학년
― 풍선 부는 방법

박억규

어렵지 않아요.
저를 따라해 보세요.

첫째,
짭 짭 짭 짭
단물을 빼세요.
맛있는 맛이 없어질 때까지,

둘째,
꾹 꾹 꾹 꾹
혓바닥 포클레인을 움직이세요.
이빨자국이 매끈매끈 없어질 때까지

그럼, 준비하시고
메~롱 하고
후~

(동시마중, 5-6월호)

봄이 되면

박일

꽃나무와 풀꽃들이
글씨를 씁니다.

필통 속엔
색연필뿐이라서
빨갛게, 파랗게, 노랗게….
글씨를 씁니다.

일학년 교실
처음
글씨를 쓰는 아이들처럼

연필을 잡은
손끝에
힘이 잔뜩 들어갑니다.

사방에
새 힘이 넘칩니다.

(오늘의동시문학, 봄호)

포로들

박일환

고등어가 왔어요.
갈치가 왔어요.
싱싱한 오징어도 왔어요.

트럭에 달린 스피커가
왕왕왕 떠들어대도
고등어와 갈치와 오징어는
오고 싶지 않았을 거다.

돌아가고 싶어요.
바다로 돌아가서 헤엄치고 싶어요.
그렇게 말하고 싶었을 거다.

친구들과 축구하다
교실로 잡혀 들어온 우리들이
운동장을 그리워하는 것처럼.

(시와동화, 봄호)

구름팩

박정식

우리 엄마
가끔씩
얼굴에 오이팩

참
고와졌다.

하늘도 하늘도
가끔씩
얼굴에 구름팩

참
맑아졌다.

(어린이책이야기, 여름호)

사춘기

박혜선

네로가 집을 나갔다
엄마는 길을 잃었다며 온 동네를 찾아 헤맸다
아빠는 경찰서에 신고를 했다
나는 고양이답게 살기 위해 가출한 거라고 생각했다
엄마 장난감처럼 무릎 위에서 새근새근 잠들던 네로
목욕시켜주면 엄마 품에 안겨 야옹거리고
꼬리 물고 뱅글뱅글 엄마 앞에서 재롱 피우던 네로
어느 날 문득,
내가 뭐 하고 있는 거지?
이런 생각이 들었을 거다
그래서 열린 대문 밖으로 성큼성큼 걸어갔을 거다
세상을 안 네로
자유를 안 네로
사랑을 안 네로

나 같아도 절대 안 돌아올 거다.

(동시마중, 5-6월호)

불낙전골

백우선

호주 쇠고기
중국 낙지와 조개
우리나라 채소를

독일 냄비에 넣고
인도네시아 가스로 끓인다.

눈치 보기는 잠시
모두 자기 나라말로
요란들을 떤다.

쏼라쏼라, 촬라촬라,
뽀글뽀글……
잘도 끓는다.

(시와동화, 가을호)

말 한마디 때문에

서정홍

며칠 전, 만식이 아재가 찾아와
순둥이를 보고 말했습니다.

"저 놈 얼릉 키워서
이번 여름에 같이 잡아묵시더."

그날부터 순둥이는
밥도 먹지 않습니다.

아무리 어르고 달래도
물도 먹지 않습니다.

벌써 사흘째입니다.

* 순둥이 : 순하다고 붙인 개 이름.

(오늘의동시문학, 봄호)

상우야

성명진

상우네가 우리 동네로 돌아왔다. 큰 도시로 갔지만 잘 살지 못
했나 보다. 엄마들은 모여서 수군거린다. 이제 동네가 시끄럽게
됐다고, 상우 때문에 아이들이 잘못될까 걱정이라고.

그렇지만 우리들의 마음속은 환해졌다 종수와 나는 서로 그렇
게 하자고 한 것도 아닌데 상우 집으로 가고 있다.
"뛰자."
"그러자."
미용실 세탁소 휙 지나고 마트 모퉁이를 돌아 후다닥 뛰어간다.

(동시마중, 9-10월호)

수족관 앞에서

송경동

횟집 수족관 속
물고기들을 본다

오징어는 눈이 아래 달렸고
낙지는 머리통 옆에 달렸고
광어는 한쪽에만 달렸다

아빠는 회 생각을 하고
엄마는 매운탕 생각을 하고
나는 수영 생각을 한다

눈이 다른 곳에 붙은 건
물고기나 사람이나 똑같다

(동시마중, 7-8월호)

소현희(문원초등학교 4학년)

제4부

김민주(문원초등학교 5학년)

어떤 말들이 노래가 되나

송선미

줄지어 고개 숙인 해바라기를 보며 생각한다
어떤 말들이 노래가 되나
거품을 감고 얌전히 누웠는 비누를 보며 생각한다
이런 건 노래하면 안 되나

어떤 말들이 노래가 되나

하늘에 박힌 별
먼 데서 흐르는 물
닭이 난 따끈한 알
이런 것들은 아직은 멀고
내 것이 아닌 것들

구겨진 수건을 보다가
시원하게 내려가는 변기 물을 보다가
자꾸만 생각하게 된다

이런 말들은 노래가 되나
어떤 말들이 노래가 되나

(동시마중, 3-4월호)

메아리

송찬호

산 너머로 이사 간 홍두는
둘도 없는
내 단짝 친구

홍두가 보고 싶을 때
나는 산에 올라
이렇게 힘껏 외친다

어 – 이,

어 – 이,

우리 이다음에 커서
사슴이 되어 다시 만나자 –

우리 이다음에 커서
사슴이 되어 다시 만나자 –

(동시마중, 9–10월호)

숨은 글씨 찾기

신민규

여기숨어있는것이무얼까요
어린이여러분잘찾아보세요
빨리빨리눈이핑핑돌기전에
한번본거또보고찾을수있죠
다찾으면오징어구워줄게요
오징어먹다남기면마빡한대

숨은 글씨 : 기린, 이빨, 아기, 이리, 똥, 고구마

(동시마중, 1-2월호)

다도해

신현배

먼 옛날 거인들이
얼마나 심심했으면

바다를 사이에 두고
장기 한 판 뒀을까.

그때 그
장기알들이
그대로 놓여 있네.

(열린아동문학, 여름호)

나비의 집

오순택

나비야.
넌 집이 어디니?

꽃밭.

그럼
겨울엔 어디서 사니?

꽃씨 속.

(아동문예, 5-6월호)

하하하

오은영

반지하 집에서 살다가
연립주택 3층으로 이사했다.

에미야, 좋구나
땅 속 찬 기운에 무릎 시큰거렸다는 할머니도
형아, 좋다
어두컴컴한 방이 싫다던 동생도
정우 아부지, 고마워
닦고 닦아도 생기는 곰팡이가 싫다던 엄마도
마냥 좋아서 싱글벙글이다.

지나가는 사람들 신발만 잠깐 들여다보고
지나가던 자동차 바퀴만 잠깐 들여다보던
옛집과 달리

처음 놀러 온 하늘이
거실 안까지 쑥 들어와 함께 해죽거리고
처음 놀러 온 햇살이
부엌을 빙 돌아보며 샐샐 웃는다.

(아동문학평론, 봄호)

거름의 힘

오인태

썩어가면서
후끈후끈 뜨겁다.

지푸라기들끼리 끌어안고
더운 김을 낸다.

저 힘으로
나무와 풀들을 밀어 올리겠지.

(어린이책이야기, 봄호)

슬리퍼

유강희

바닥을
스윽슥 기어가는
작은 물고기

꽃이고 싶어
꽃무늬,
별이고 싶어
별무늬,

애완용 강아지처럼
맘껏 울지도 못해
끄윽끅

집 안에만 갇혀 사는
머리 큰
이상한 물고기

어이쿠,
뒤집어졌다

혼자서는
제 몸 일으킬 수도
헤엄칠 수도
없는 물고기

(창비어린이, 여름호)

작은 게

유미희

작은 게가
굽은 등으로
집에 가던 노을을 업어 주었습니다.

(오늘의동시문학, 여름호)

밥나무

유희윤

가을 산에 가면

이 나무에 다달다달

저 나무에 도달도달

작은 새

작은 눈에

번쩍 띄라고

빨강밥알 다달다달

보라밥알 도달도달.

(어린이책이야기, 가을호)

까치집

이묘신

아까시꽃 냄새가 폴폴
고개를 들어보니
꽃이 주렁주렁

그 속에 까치집
한 채 들어섰다

기둥도 꽃기둥
문도 꽃문
지붕도 꽃지붕

푸드득 까치가 난다
향기가 난다

(동시마중, 5-6월호)

우리 집

이무완

눈가루 바람에 날리는 황태 덕장 길 걸어
학교 가다는 말고
혜림이하고
산말랭이 서서 우리 집을 찾아보았다.

산비탈에 따개비처럼 붙어 앉은 집들 사이
　지난가을 큰바람에 슬레이트 지붕은 날아가고 임시로 파란 천
막 들씌워 펄럭이는 영이네 집 아래 서울로 부산으로 대구로 자
식들 다 보내고 혼자 사는 동네 할머니들 흐릿한 아랫목에 오글
오글 둘러앉아 십 원짜리 화투로 어제와 다름없이 하루해 보내는
깨배기 할매네 집, 그 아래 아래 앉은뱅이 우리 집

마당도 대문도 꽃밭도 엄마도 아빠도 없는 우리 집.
봄이 와도 쓸쓸한 우리 집.

* 산말랭이 : 산등성이 꼭대기, 산마루.
* 깨배기 : 얼굴에 주근깨 다닥다닥한 사람.

(창비어린이, 겨울호)

조민국(청계초등학교 2학년)

제5부

이지은(문원초등학교 3학년)

가진 걸 다 주면

이봉직

골목에
연탄재 몇 장

골목에
할머니 할아버지

가진 걸
다 주고 난 몸은
하얗다

(오늘의동시문학, 겨울호)

돌아가는 길

이상교

친구와 만나기로 한 약속에
바람 맞고
돌아가는 길
참새들이 재재댄다.
길가 시누대나무에 붙어
재재댄다.

시누대나무가
바람에 흔들린다.
재재재, 참새 소리가
시누대나무에 붙어
흔들린다.
내 맘이 거기 붙어
쓸쓸쓸 흔들린다.

(시와동화, 여름호)

엄마 팔아서 사거라

이성자

－우리 엄마는 빨래를 잘 하고
떡볶이도 아주 맛있게 만들어요
잔소리를 심하게 하지만 참으면 되고요.
혹시 우리 엄마 사갈 사람 없어요?

밤 내내 꿈속에서 엄마를 팔러 다녔어요.
왜 그런 짓을 했냐고요?

게임기가 갖고 싶어서
엄마를 졸랐더니,
돈이 없어서 못 사준대요

졸졸 따라다니며 졸랐더니,
－그렇게 사고 싶으면, 엄마 팔아서 사거라!
이러지 않겠어요.
정말로 이렇게 큰소리쳤다니까요.

(어린이문학, 가을호)

노란귀바위거북을 타고

이안

바위 양옆에 국화꽃이 피었어
노란 꽃이야
바위에 귀가 생긴 거지
노란 귀니까
노란귀바위거북이야
노란귀바위거북은 등이 따뜻해
나는 노란귀바위거북을 타고
바다로 가
햇살에 두 귀가 반짝이는 시간은 얼마나 짧은지
바다까지는 부지런히 가도 천년이 걸린다는데
노란귀바위거북은 걸음이 얼마나 느린지
국화꽃이 시들면
노란귀바위거북은 노란귀거북을 벗고
바위로 돌아간다는데
나는 점심시간마다 여기에 와서
천년이 걸린다는 노란귀바위거북을 타고
바다로 가
국화꽃이 피면
두 귀가 노랗게 빛나는
노란귀바위거북을 타고

(문학동네, 여름호)

횡단보도에 갇힌 할머니

이옥근

깜빡이며 재촉하던
초록빛 신호가 꺼지자
성질 급한 차들의 빵빵대는 소리

놀란 할머니
길 가운데 섬이 되었다.

건너야 할 길은 먼데
아직 중간도 못 갔는데

횡단보도 흰 창살에
꼼짝없이 갇혀 버린 할머니

차들이 지날 때마다
유모차에 실린 배춧잎도
파르르 떤다.

(어린이와문학, 8월호)

봄비

이장근

봄 손님이

(((·)))

초인종을 눌러요

(((·)))
(((·)))

연못이 문을 열어줄 때까지

(((·)))
(((·)))
(((·)))

(동시마중, 7–8월호)

기찻길 옆 우리 집

이정록

기차가 지나가면
언 걸레도
녹슨 냉장고도
다 살아나요.

달가닥 달가닥
숟가락 젓가락도
어깨 장단 맞추고요,

보그르르
된장찌개도
다시 끓어요.

고래 기차가 나타나면
땡! 땡! 땡! 땡!
고등어가 빨간불 켜고요,

깜짝이야!
멸치볶음도
떼 지어 헤엄쳐요.

(동시마중, 1-2월호)

이름 모를 새 한 마리

이화주

나 혼자
심심하게 놀고 있는데
"찌르르르 찌르르"
이름 모를 새 한 마리
나를 불렀다.
"놀자. 놀자. 같이 놀자."
나를 불렀다.
꽃봉오리 따 먹으며
"먹어 볼래? 먹어 볼래?"
오래 오래
나하고 놀아 준
이름 모를 새 한 마리
자두꽃 하얗게 핀 나무 아래서
그냥, 그냥 놀다 왔다.
이름이 뭐냐고 묻지도 않고

(열린아동문학, 여름호)

몽골의 한 늙은 목동이야기

장동이

자식들 사는 도시 가까이로

가축들 데려와 살라 하지요.

제가 늙었으니

자식들 걱정하는 맘이지요.

하지만 전

여기 드넓은 초원에서

지금처럼 사는 게 좋아요.

이런 가축들도

도시 가까이로 데려가

한 곳에 두고 기르면

늘 먼 곳만 바라보며

눈물 글썽인다고 들었고요.

(시와동화, 봄호)

낮잠

장세정

졸려서 보채는 동생을 안고
안방에 들어가는 엄마
"재우고 나올게."

색종이를 접고
그림을 그리고
책도 다 읽어갈 때

드디어 안방문 열린다
지금부터 엄마는 내 차지
입이 절로 벙긋하는데

뒤뚱뒤뚱 아기가 걸어 나왔다
말똥말똥 아기만 혼자 서 있다
피곤한 엄마를 보란 듯이 재워놓고

(어린이와문학, 4월호)

약수터에서

장영복

종고래기에 물이 차오르는 동안

포근한 봄 하늘을 보았다

그 사이 어떤 사람이 물을 집어가선

내가 마실 물이라고 할 새도 없이 꿀꺽꿀꺽 마셨다

얼굴을 찡그리고 돌아서다 생각하니

참 못났다,

'물맛이 좋지요' 라며 웃어줄 걸

새 봄인데……

* 종고래기 : 종구라기의 방언, 조그마한 바가지

(어린이와문학, 3월호)

줄넘기

장지현

줄줄이
줄지어 가는 개미들 위를
폴짝 넘어간다.
줄 넘어간다.
자칫 밟았으면 큰일 났을
저 가늘고 아슬아슬한 줄을
내 발이 잽싸게 넘어섰다.
줄넘기 백 번에
체육 수행평가 만점 받은 것보다
더 뿌듯하다.
줄넘기 한 번에
백 마리의 개미를 살린 이 기분!
오늘 제대로 뽐냈다.
내 줄넘기 솜씨.

(오늘의동시문학, 가을호)

바람아, 가만 좀 있어봐!

장철문

저 뱁새들은 도대체
뭐라는 걸까?
뭐라고 재재거리는 걸까?
찔레 덤불 속에서

사그락사그락
억새밭에 바람 지나는 소리에 끊기고

똘똘똘똘
개울물 소리에 끊기고

투두둑!
꿀밤 떨어지는 소리에 끊기고

도대체 뭐라는 걸까?

바람아, 가만 좀 있어봐!
좀 듣자니까!

(동시마중, 1-2월호)

유은곤(과천초등학교 6학년)

제6부

김보현(과천초등학교 3학년)

민들레꽃

전병호

횡단보도 건너 교문 앞길에 들어설 때면, 매일 아침 꼭 이때쯤이면 단추 공장에 일 나가는 용민이 엄마가 용민이 아침밥을 차려주다가 늦어 "잠깐만요!" 소리치며 달려오고, 부릉부릉 떠나려던 시내버스가 멈칫 섰다가 용민이 엄마를 태우고 떠나면서 보도블록 틈에 떨어뜨리고 가는 금단추 하나, 둘, 셋, 넷, 다섯……

(시와시, 가을호)

풀물

정두리

풀밭에 앉았다
일어나니까

어쩌나,
바지에 푸르죽죽
물이 들었다

풀물이 배인 것은
아마도 풀이
소리죽여 울었다는 걸 거다

풀이 나때매 울었을까?
나는 그것도 몰랐네

왜 울었니?
물어보고 싶다
자꾸만 바지 뒤로
손이 간다

(열린아동문학, 겨울호)

햇밤 축구

정상평

부르릉 부르릉 차 소리 난다.
태홍이 아재 파란 트럭이다.

아재는 햇밤이 가득 든 비료 포대를
어머니에게 건네준다.

어머니는 햇밤은 비싼데
돈사라고 도로 민다.

아재는 괴기도 비싸야
맛있다며 또 민다.

어머니는 애들 갈키려면
똥줄 탈 거라고 또 민다.

아재는 농사짓는 사람도
좋은 거, 맛있을 때 먹어보자며
확 밀쳐뿐다.

엄마가 한 골 먹었다.

* 돈사라고 : 팔라고
* 괴기 : 고기
* 갈키려면 : 가르치려면
* 밀쳐뿐다 : 밀어버린다

(동시마중, 9-10월호)

반대말

정진규

마중이란 말의

반대말은 배웅

배웅이란 말은 무겁고

마중이란 말은 가볍다

소리마저 그렇다

달마중 해 봐라 화안하다

아가야 나오너라 달마중 가자

노래도 흘러나오잖니, 반갑지 않니

배웅이란 말의 손목엔

보따리가 들려 있다

시집 간 큰누나

돌아갈 그때마다

내가 보따리를 들어다 주었다

마음도 무거웠다

자꾸 슬펐다

(동시마중, 3-4월호)

세스랑게의 집

정진숙

질척거리는 갯벌에 살아
구멍만 뚫으면 집이 되는데도
어렵게
개흙 쌓아올려
탑집 짓는 세스랑게.

밀물에 무너지면
썰물에 다시 짓고
물들고 나는 대로
왜 또 짓고 짓나했더니,

꼭대기에 뚫어놓은
구멍 보고 알았어요
그냥 집이 아니라
하늘 향해 쌓아올리는
첨성대라는 걸.

진흙밭에 살아도
흙덩이 되지 않으려고
마음은 하늘에 걸어놓고
별 보고 사는 거였어요.

(어린이책이야기, 겨울호)

하마 비누

조하연

우리 집 욕실엔 하마가 산다.
파란 몸을 가진 하마가 비누통에 엎드려 있다.
하마도 목욕시켜 주려고,
눈, 등, 콧구멍
아무리 씻겨도
미끌미끌
미끌미끌
박박 문질러도
미
끄
르
르
손에서 자꾸만 도망친다.

'목욕하자' 소리만 나오면 도망치는 나처럼.

(어린이책이야기, 여름호)

해바라기야!

최명란

너, 왜 그러냐?
왜 만날 넘어다보는 거냐?
또 커닝하는 거냐?
동그란 얼굴에다
그렇게 총총 많이 받아써놓고는…

(동시마중, 3-4월호)

빼빼로데이

최종득

민수한테 받은
빼빼로를
선생님한테 드렸다.

이를 어째!

빼빼로 통에 있었다며
민수가 써 준 쪽지를
선생님이 주셨다.

민수 얼굴도
선생님 얼굴도
제대로 볼 수가 없다.

어쩔 수 없지!

사랑은
돌고 도는 거니까.

(어린이와문학, 2월호)

아기 마중

하청호

마중이란 말에는
설렘이 들어있다

시골에서 오신
할머니를 마중 나가는 일
먼 길 다녀오신
아버지를 마중 나가는 일
새해 첫 날
해를 마중 나가는 일

모두 마음을 설레게 한다

오늘은 우리 가족 모두
병원으로 아기 마중을 간다
세상에 처음으로 태어나는
내 동생을 맞이하는 날

마중, 그것 중에서도
가장 설레는 것은
새로 태어나는
아기 마중이다.

(열린아동문학, 봄호)

닭장 옆 탱자나무

한혜영

암탉이 알 낳았다고
꼬꼬대액! 꼭꼭 꼬꼬대액! 꼭꼭꼭
자랑, 자랑을 했다

닭은 진짜 바보다
알 낳을 때마다 저렇게 소문을 내니까
번번이 알을 뺏기지

닭장 옆에 세 들어 사는
탱자나무
노란 알을 그득하게 품고서
혼잣말로 중얼거렸다

(동시마중, 1−2월호)

서울에 온 소나무

한상순

강원도 산골에서 올라와
버스 중앙차선 정류장에
가로수가 된
소나무,
조선 소나무는

부릉부릉,
자동차가 뿜어내는 시커먼 연기
그것 쯤이야.

씽씽,
내 달리는 자동차 바퀴 소리에
잠 설치는 밤, 그것 쯤이야.

가지에 새가 들지 않고
떡갈나무랑 오리나무랑
초록 그늘 만들 수 없어도
에이, 그것쯤이야.

씨앗 품은 솔방울
하나
둘
셋,
아스팔트 위로 또그르르 또그르르……

아냐, 이건 참을 수 없지.
절대로!

(어린이와문학, 3월호)

강정규

1975년 『현대문학』에 소설이 추천 완료되어 작품 활동을 시작했습니다. 동화집 『병아리의 꿈』 『제망매가』, 장편동화 『토끼의 눈』 『큰소나무』 등이 있습니다. 『시와동화』 발행인이며 최근에 동시도 쓰고 있습니다.

고형렬

1954년 속초에서 태어났습니다. 1979년 『현대문학』으로 작품 활동을 시작했습니다. 동시집 『빵 들고 자는 언니』, 어린이 산문 시경 에세이 『아주 오래된 시와 사랑 이야기』 등이 있습니다.

권영상

1953년 강릉에서 태어났습니다. 『강원일보』 신춘문예로 작품 활동을 시작했습니다. 동시집 『잘 커다오, 꽝꽝나무야』 『구방아 목욕 가자』 등이 있습니다. 현재 서울 배문중학교에서 국어를 가르치고 있습니다.

권오삼

1943년 경북 안동에서 태어났습니다. 1975년 『월간문학』으로 작품 활동을 했습니다. 동시집 『고양이가 내 뱃속에서』 『도토리나무가 부르는 슬픈 노래』 『똥 찾아 가세요』 『진짜랑 깨』 등이 있습니다.

고영민

1968년 충남 서산에서 태어났습니다. 2002년 『문학사상』으로 작품 활동을 시작했습니다. 시집 『악어』 『공손한 손』이 있습니다.

금해랑

2009년 천강문학상 아동문학 부문 금상, 2010년 『어린이와문학』으로 작품 활동을 시작했습니다.

김근

1998년 『문학동네』로 작품 활동을 시작했습니다. 시집 『뱀소년의 외출』 『구름극장에서 만나요』가 있습니다.

김명수

경북 안동에서 태어났습니다. 1977년 『서울신문』 신춘문예로 작품 활동을 시작했습니다. 동시집 『산속 어린 새』 『마지막 전철』 『상어에게 말했어요』 등이 있습니다.

김미혜

1962년 서울에서 태어났습니다. 2000년 『아동문학평론』으로 작품 활동을 시작했습니다. 동시집 『아기 까치의 우산』 『아빠를 딱 하루만』 『꽃마중』 등이 있습니다.

김상욱

2010년 『동시마중』으로 작품 활동을 시작했습니다. 저서로 『시의 길을 여는 새벽별 하나』 『문학교육의 길 찾기』 『숲에서 어린이에게 길을 묻다』 등이 있습니다.

김순영

1968년 경북 상주에서 태어났습니다. 2006년 『오늘의 동시문학』으로 작품 활동을 시작했습니다.

김유진

1977년 서울에서 태어났습니다. 2009년 제1회 『창비어린이』 및 2010년 「어린이와 문학」으로 작품 활동을 시작했습니다.

김은영

1964년 전북 이서에서 태어났습니다. 1989년 『동아일보』 신춘문예로 작품 활동을 시작했습니다. 동시집 『빼앗긴 이름 한 글자』 『김치를 싫어하는 아이들아』 『아니, 방귀 뽕나무』 『선생님을 이긴 날』 『ㄹ받침 한 글자』가 있습니다.

김응

1974년 서울에서 태어났습니다. 2005년『대전일보』신춘문예로 작품 활동을 시작했습니다. 동시집『개떡 똥떡』이 있습니다.

김춘남

1956년 부산에서 태어났습니다. 2001년『대구매일』신춘문예로 작품 활동을 시작했습니다. 현재 부산교통공사에 근무하고 있습니다.

김하루

경북 김천에서 태어났습니다. 1999년『문학동네』문예공모에 소설이 당선되었고, 2010년『동시마중』으로 작품 활동을 시작했습니다. '김숙'이라는 필명으로 간행한 소설집『그 여자의 가위』가 있습니다.

김희정

1966년 경기도 부천에서 태어났습니다. 2004년『어린이문학』으로 작품 활동을 시작했습니다.

김환영

충남 예산에서 태어났습니다. 1987년부터 어린이 책에 그림을 그렸고, 2004년『글과 그림』및『창비어린이』로 작품 활동을 시작했습니다. 동시집『깜장 꽃』이 있습니다.

남호섭

1962년에 태어났습니다. 1992년『민음동화』를 통해 작품 활동을 시작했습니다. 동시집『타임캡슐 속의 필통』『놀아요 선생님』이 있습니다. 현재 산청 간디학교에 근무하고 있습니다.

류경일

1964년 경남 산청에서 태어났습니다. 2004년『매일신문』신춘문예로 작품 활동을 시작했습니다. 동시집『바퀴 달린 집』이 있습니다.

맹문재

1963년 충북 단양에서 태어났습니다. 1991년 『문학정신』으로 작품 활동을 시작했습니다. 합동 동시집 『달에게 편지를 써볼까』, 어린이용 백과사전 번역서 『포유동물』이 있습니다.

문현식

1974년 서울에서 태어났습니다. 2008년 『어린이와 문학』으로 작품 활동을 시작했습니다. 현재 고양시에서 초등학교 교사로 근무하고 있습니다.

민경정

1967년 김포에서 태어났습니다. 2008년 『대전일보』 신춘문예로 작품 활동을 시작했습니다.

박두순

1950년 경북 봉화에서 태어났습니다. 1977년 『아동문학평론』 및 『아동문예』로 작품 활동을 시작했습니다. 동시집 『나도 별이다』 『들꽃』 등이 있습니다. 현재 『오늘의 동시 문학』 주간으로 있습니다.

박방희

경북 성주에서 태어났습니다. 2001년 『아동문학평론』 및 『아동문예』로 작품 활동을 시작했습니다. 동시집 『참새의 한자 공부』 『쩌렁쩌렁 청개구리』 『머릿속에 사는 생쥐』 『참 좋은 풍경』 등이 있습니다.

박성우

1971년 전북 정읍에서 태어났습니다. 2000년 『중앙일보』 신춘문예에 시로, 2006년 『한국일보』 신춘문예에 동시로 작품 활동을 시작했습니다. 동시집 『불량 꽃게』, 청소년 시집으로 『난 빨강』이 있습니다.

박소명

전남 곡성에서 태어났습니다. 2002년 『월간문학』으로 작품 활동을 시작했습니다. 동시집 『산기차 강기차』 『빗방울의 더하기』 『꿀벌 우체부』 등이 있습니다.

박억규

1974년 경북 김천에서 태어났습니다. 2011년 『어린이와 문학』으로 작품 활동을 시작했습니다.

박일

1946년 경남 삼천포에서 태어났습니다. 1979년 『아동문예』로 작품 활동을 시작했습니다. 동시집 『주름살 웃음』 외 8권이 있습니다.

박일환

1997년 『내일을 여는 작가』로 작품 활동을 시작했습니다. 시집 『푸른 삼각뿔』 『끊어진 현』이 있습니다.

박정식

1947년 전남 담양에서 태어났습니다. 1991년 『아동문예』로 작품 활동을 시작했습니다. 동시집 『숨바꼭질』 『형형색색』 등이 있습니다.

박혜선

1969년 경북 상주에서 태어났습니다. 1992년 새벗문학상 수상으로 작품 활동을 시작했습니다. 동시집 『개구리 동네 게시판』, 『텔레비전은 무죄』 『위풍당당한 박한별』 등이 있습니다.

백우선

1953년 전남 광양에서 태어났습니다. 1995년 『한국일보』 신춘문예로 작품 활동을 시작했습니다. 동시집 『느낌표 내 몸』 등이 있습니다. 현재 단대부고 교사로 있습니다.

서정홍

1958년 마산에서 태어났습니다. 1992년 전태일문학상을 수상하면서 작품 활동을 시작했습니다. 동시집 『윗몸일으키기』 『우리 집 밥상』 『닳지 않은 손』 등이 있습니다. 현재 황매산 기슭 마을에서 농사를 지으며 살고 있습니다.

성명진

1966년 전남 곡성에서 태어났습니다. 1990년『전남일보』신춘문예로 작품 활동을 시작했습니다. 동시집『축구부에 들고 싶다』가 있습니다.

송경동

2001년『내일을 여는 작가』와『실천문학』을 통해 작품 활동을 시작했습니다. 시집 『꿀잠』『사소한 물음들에 답함』이 있습니다.

송선미

1972년 서울에서 태어났습니다. 2011년『동시마중』으로 작품 활동을 시작했습니다.

송찬호

1959년 충북 보은에서 태어났습니다. 2010년『동시마중』으로 동시를 쓰기 시작했습니다. 동시집『저녁별』이 있습니다.

신민규

1983년 서울에서 태어났습니다. 2011년『동시마중』으로 작품 활동을 시작했습니다.

신현배

1960년 서울에서 태어났습니다. 1982년 월간『소년』으로 작품 활동을 시작했습니다. 동시집『거미줄』『매미가 벗어 놓은 여름』『산을 잡아 오너라!』『햇빛 잘잘 끓는 날』 등이 있습니다.

오순택

1942년 전남 고흥에서 태어났습니다. 1966년『시문학』및『현대시학』으로 작품 활동을 시작했습니다. 동시집『풀벌레 소리 바구니에 담다』『까치야 까치야』『아기염소가 웃는 까닭』『채연이랑 현서랑』『공룡이 뚜벅뚜벅』등이 있습니다.

오인태

1962년 경남 함양에서 태어났습니다. 1991년『녹두꽃』으로 작품 활동을 시작했습니다. 시집『그곳인들 바람 불지 않겠나』『혼자 먹는 밥』『등 뒤의 사랑』『아버지의 집』 『별을 의심하다』등이 있습니다.

오은영

서울에서 태어났습니다. 1999년 『조선일보』 신춘문예로 작품 활동을 시작했습니다. 동시집 『우산 쓴 지렁이』 『넌 그럴 때 없니?』 『생각중이다』 등이 있습니다.

유강희

1968년 전북 완주에서 태어났습니다. 1987년 『서울신문』 신춘문예로 작품 활동을 시작했습니다. 동시집 『오리발에 불났다』가 있습니다.

유미희

1963년 충남 서산에서 태어났습니다. 2000년 『아동문예』로 작품 활동을 시작했습니다. 동시집 『고시랑거리는 개구리』 『짝꿍이 다 봤대요』가 있습니다.

유희윤

1944 충남 당진에서 태어났습니다. 2003년 『부산일보』 신춘문예로 작품 활동을 시작했습니다. 동시집 『내가 먼저 웃을게』 『하늘 그리기』 『참 엄마도 참』 『맛있는 말』 등이 있습니다.

이묘신

1967년 경기도 이천에서 태어났습니다. 2005년 푸른문학상 수상으로 작품 활동을 시작했습니다. 동시집 『책벌레 공부벌레 일벌레』가 있습니다. 현재 청주에서 동화구연과 글쓰기를 가르치고 있습니다.

이무완

1970년 강원도 동해에서 태어났습니다. 2010년 『강원일보』 신춘문예로 작품 활동을 시작했습니다.

이봉직

1965년 충북 보은에서 태어났습니다. 1992년 『대전일보』 『대구매일신문』 『동아일보』 신춘문예로 작품 활동을 시작했습니다. 동시집 『어머니의 꽃밭』 『웃는 기와』 『내 짝꿍은 사춘기』 『부처님 나라 개구쟁이들』이 있습니다.

이상교

서울에서 태어났습니다. 1973년 『소년』, 1974년 『조선일보』 신춘문예로 작품 활동을 시작했습니다. 동시집 『살아난다 살아난다』 『좀이 쑤신다』 『먼지야, 자니?』 등이 있습니다.

이성자

1949년 전남 영광에서 태어났습니다. 1992년 『아동문학평론』 및 『동아일보』 신춘문예로 작품 활동을 시작했습니다. 동시집 『너도 알 거야』 『키다리가 되었다가 난쟁이가 되었다가』 『입안이 근질근질』 등이 있습니다.

이안

1967년 충북 제천에서 태어났습니다. 1999년 『실천문학』으로 작품 활동을 시작했습니다. 동시집 『고양이와 통한 날』 등이 있습니다. 현재 『동시마중』(http://cafe.daum.net/iansi) 편집위원입니다.

이옥근

1958년 전북 순창에서 태어났습니다. 2004년 『한국일보』 신춘문예로 작품 활동을 시작했습니다. 동시집 『다롱이의 꿈』이 있습니다. 현재 전남 여수고등학교 국어교사로 있습니다.

이장근

1971년 경북 의성에서 태어났습니다. 2008년 『매일신문』 신춘문예로 작품 활동을 시작했습니다. 청소년시집 『악어에게 물린 날』, 동시집 『바다는 왜 바다일까?』 등이 있습니다.

이정록

1964년 충남 홍성에서 태어났습니다. 1993년 『동아일보』 신춘문예로 작품 활동을 시작했습니다. 동시집 『콧구멍만 바쁘다』가 있습니다.

이화주

1948 경기도 가평에서 태어났습니다. 1982년 『아동문학평론』 및 『강원일보』 신춘문예로 작품 활동을 시작했습니다. 동시집 『아기새가 불던 꽈리』 『내게 한 바람 털실이 있다면』 『뛰어다니는 꽃나무』 『손바닥 편지』 등이 있습니다.

장동이

1962년 경북 문경에서 태어났습니다. 2010년 『동시마중』으로 작품 활동을 시작했습니다.

장세정

1971년 경남 산청에서 태어났습니다. 2006년 『어린이와 문학』으로 작품 활동을 시작했습니다. 동시 선집 『나도 모르는 내가 』가 있습니다.

장영복

1961년 충북 청원에서 태어났습니다. 2004년 『아동문학평론』 및 2010년 『부산일보』 신춘문예로 작품 활동을 시작했습니다. 동시집 『울 애기 예쁘지』가 있습니다.

장지현

1971년 서울에서 태어났습니다. 2003년 『문학세계』로 작품 활동을 시작했습니다. 현재 일러스트레이터로 활동하고 있습니다.

장철문

1966년 전북 장수에서 태어났습니다. 1994년 『창작과 비평』으로 작품 활동을 시작했습니다. 시집 『바람의 서쪽』『산벚나무의 저녁』『무릎 위의 자작나무』가 있습니다. 현재 순천대학교 문예창작학과 교수입니다.

정진규

1939년 경기도 안성에서 태어났습니다. 1960년 『동아일보』 신춘문예로 작품 활동을 시작했습니다. 시집 『몸시』『알시』『도둑이 다녀가셨다』『공기는 내 사랑』 등이 있습니다.

전병호

1982년 『동아일보』 신춘문예로 작품 활동을 시작했습니다. 동시집 『들꽃초등학교』 『봄으로 가는 버스』 등이 있습니다.

정상평

2011년 『동시마중』으로 작품 활동을 시작했습니다.

정두리

1947년 경남 마산에서 태어났습니다. 1984년 『동아일보』 신춘문예로 작품 활동을 시작했습니다. 동시집 『마중물 마중불』 『신나는 마술사』 등이 있습니다.

정진숙

1954년 충남 공주에서 태어났습니다. 2005년 『오늘의동시문학』으로 작품 활동을 시작했습니다. 동시집 『아무도 모르는 일』이 있습니다.

조하연

1979년 서울에서 태어났습니다. 2005년 『오늘의동시문학』으로 작품 활동을 시작했습니다. 현재 '배꼽 빠지는 도서관'을 운영하고 있습니다.

최명란

2005년 『조선일보』 신춘문예로 작품 활동을 시작했습니다. 동시집 『하늘천 따지』 『수박씨』 『알지 알지 다 알知』 『바다가 海海 웃네』 등이 있습니다.

최종득

1973년 경남 고성에서 태어났습니다. 월간 『어린이문학』으로 작품 활동을 시작했습니다. 동시집 『쫀드기쌤 찐드기쌤』이 있습니다.

하청호

1943년 경북 영천에서 태어났습니다. 1973년 『동아일보』 신춘문예로 작품 활동을 시작했습니다. 동시집 『잡초 뽑기』 『바늘귀는 귀가 참 밝다』 등이 있습니다.

한혜영

1954년 충남 서산에서 태어났습니다. 1989년 『아동문학연구』로 작품 활동을 시작했습니다. 시집 『태평양을 다리는 세탁소』 『뱀 잡는 여자』 등이 있습니다.

한상순

전북 임실에서 태어났습니다. 1999년 『자유문학』으로 작품 활동을 시작했습니다. 동시집 『예쁜 이름표 하나』 『갖고 싶은 비밀번호』 『뻥튀기는 속상해』가 있습니다.